LA PESCA DE NESSA

Libros de Nancy Luenn

Arctic Unicorn
Unicorn Crossing
Nessa's Fish
Mother Earth
Nessa's Story
El cuento de Nessa
La pesca de Nessa

LA PESCA DE NESSA

escrito por Nancy Luenn
ilustrado por Neil Waldman
traducido por Alma Flor Ada

LIBROS COLIBRÍ

ATHENEUM   1994   NEW YORK

Maxwell Macmillan Canada
Toronto
Maxwell Macmillan International
New York   Oxford   Singapore   Sydney

Atheneum
Macmillan Publishing Company
866 Third Avenue
New York, NY 10022

Maxwell Macmillan Canada, Inc.
1200 Eglinton Avenue East
Suite 200
Don Mills, Ontario M3C 3N1

Macmillan Publishing Company is part of
the Maxwell Communication Group of Companies.

First edition
Printed in Singapore
10 9 8 7 6 5 4 3 2 1

Library of Congress Catalog Card Number: 94-71326

ISBN 0-689-31977-0

Para Donald y Bear,
los pescadores de la familia
N. L.

Para Sarah,
princesa de los bosques
N. W.

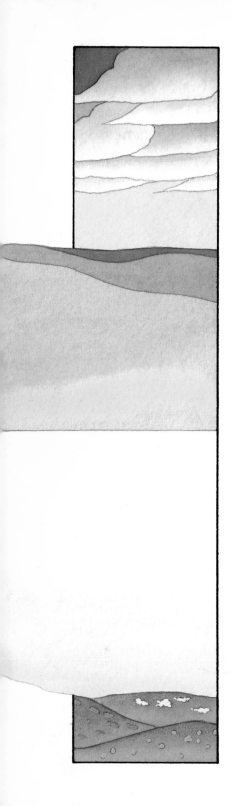

Durante la época del campamento de otoño, Nessa y su abuela caminaron tierra adentro medio día para ir a pescar en el lago rocoso.

Pescaron toda la tarde y toda la noche. Pescaron más peces que los que podían cargar. Pescaron lo suficiente para alimentar a todos en el campamento.

Nessa y su abuela apilaron los pescados. Los cubrieron con rocas para protegerlos de los zorros. Luego muy cansadas, se fueron a dormir.

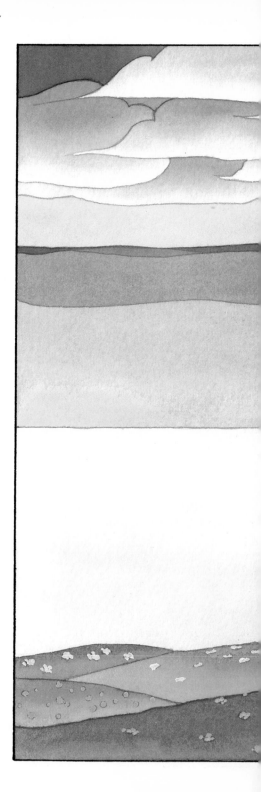

Durante la noche, la abuela de Nessa se sintió muy mal, por algo que había comido. Cuando amaneció tuvo que quedarse descansando hasta que se sintiera mejor.

Nessa cuidó a su abuelita. Le trajo agua fresca del lago rocoso. Y se sentó a su lado mientras el sol subía lentamente por el horizonte.

Al mediodía llegó una zorra y olfateó las piedras que cubrían los pescados.

—Vete.

La voz de la abuelita era sólo un susurro. La zorra no escuchó.

Nessa agitó los brazos y gritó: —¡Vete!

La zorra se marchó a toda carrera a través de la tundra.

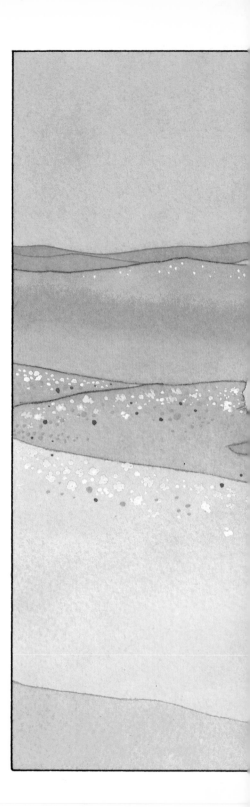

El sol descendió un poquito en el cielo. Una manada de lobos se acercó. Los lobos miraron las piedras que cubrían los pescados. Parecían sonreír.

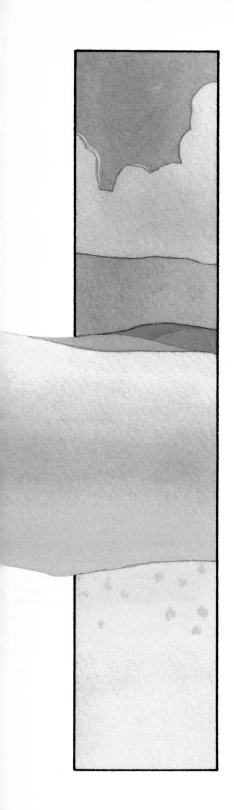

—¿Comen pescados los lobos? —preguntó Nessa, pero su abuelita dormía. Nessa pensó que sabía lo que debía hacer. Su abuelo le había enseñado a hablarles a los lobos.

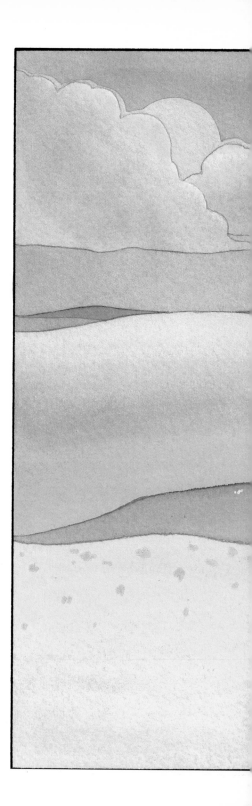

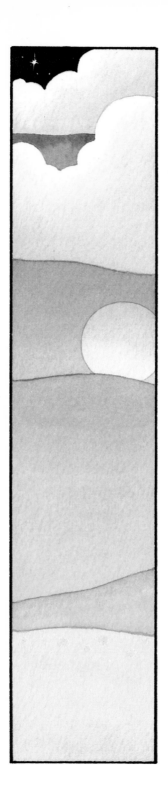

Se estiró lo más que pudo. Puso las manos en forma de orejas, las inclinó hacia adelante y miró fijamente a los ojos amarillos del jefe de la manada.

—¡Vete! —le gruñó—. Estos pescados son nuestros.

El lobo bajó la cola y le pidió disculpas a Nessa con una mueca que parecía una sonrisa. Guió a su manada, alejándose a través de la tundra.

El sol se había escondido detrás de las colinas. Las sombras se extendían sobre la tierra. De las sombras salió un enorme oso pardo. Nessa tembló. Los osos comen casi *cualquier cosa*. Quería echarse a correr, pero su madre le había dicho que nunca huyera de los osos. Sacudió la caña de pescar frente al oso y gritó: —¡Vete!

El oso se incorporó sobre las patas traseras y se quedó mirándola. Nessa vio sus largas garras filudas. ¿Se comería todos los pescados? ¿Se comería a su abuelita?

¿Se la comería a ella también? Nessa trató de acordarse de cómo hablarles a los osos.

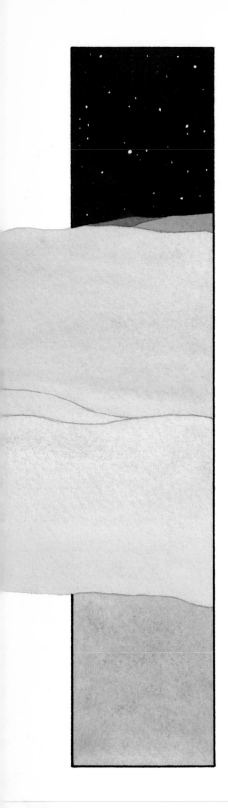

Su padre le había dicho que a veces los osos se marchan si uno los hace sentirse tontos. Nessa empezó a cantar.

Oso flaco,
casi calvo,
garras feas,
¡vete pronto, ponte a salvo!

El oso parecía muy sorprendido. Dio un paso hacia atrás, luego otro. Nessa cantó de nuevo.

Oso flaco,
tonto y bellaco,
no sabes cantar.
¡No sabes cantar!

El oso se veía muy tonto con su cara larga. No *podía* cantar. Se dio media vuelta y se fue arrastrando los pies por la tundra.

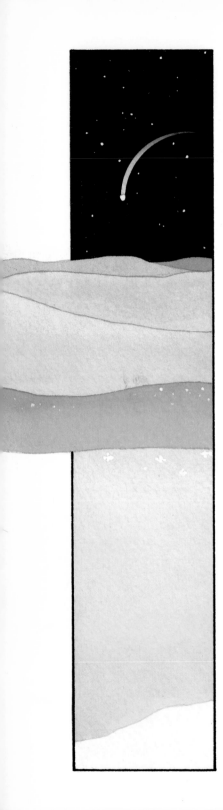

Nessa estaba cansadísima. Su abuela seguía dormida. Trató de quedarse despierta para cuidarla.

Pero nadie le había enseñado cómo espantar al sueño.

La luna se levantó sobre la tundra. Brilló sobre Nessa, que estaba bien dormida, acurrucada junto a su abuela. Brilló sobre las rocas que cubrían los pescados.

La luna los cuidó hasta que un ruido despertó a Nessa.

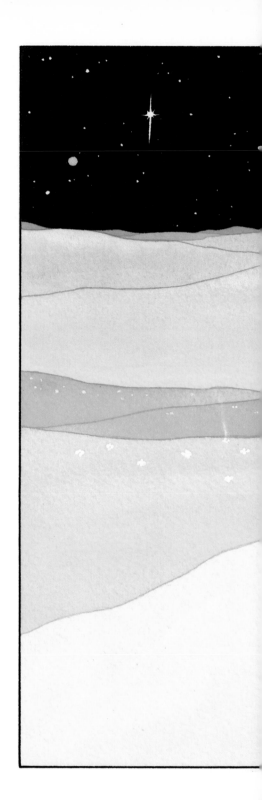

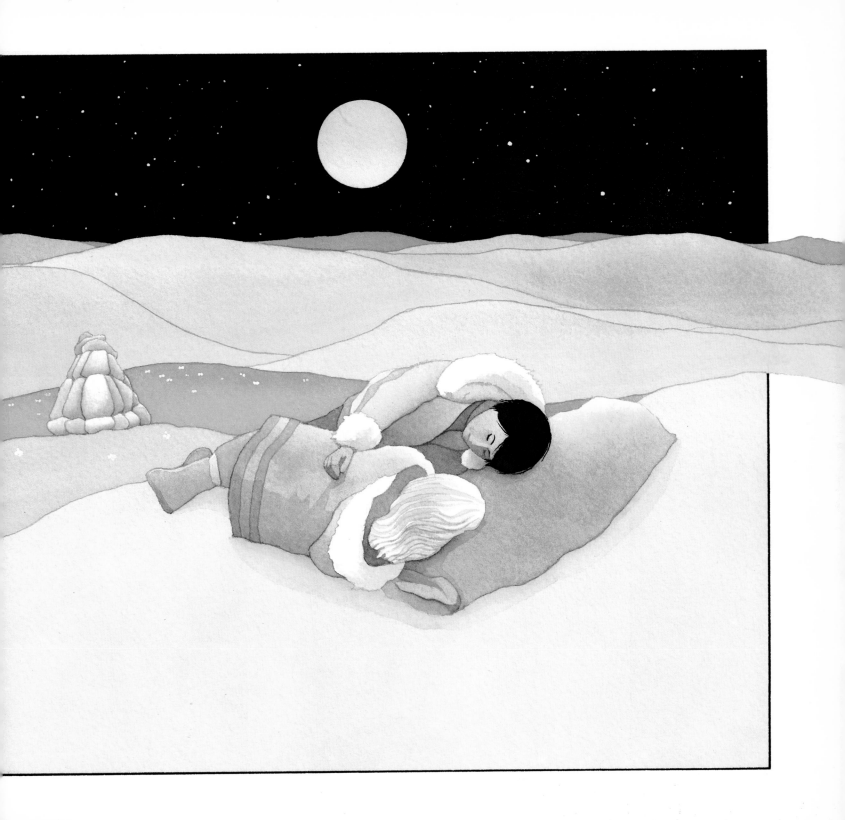

Agarró su caña de pescar y se sentó muy erguida. ¿Era la zorra? ¿Eran los lobos? ¿Era el *oso*?

¡Era su abuelo! Y con él venían su madre y su padre, y todos los perros. Venían a buscar a Nessa y a su abuela.

Todos la abrazaron. Los perros movían la cola. Su abuela se despertó y sonrío.

Nessa se sentía muy bien. Había cuidado a su abuelita y había defendido los pescados que alimentarían a todos en el campamento.

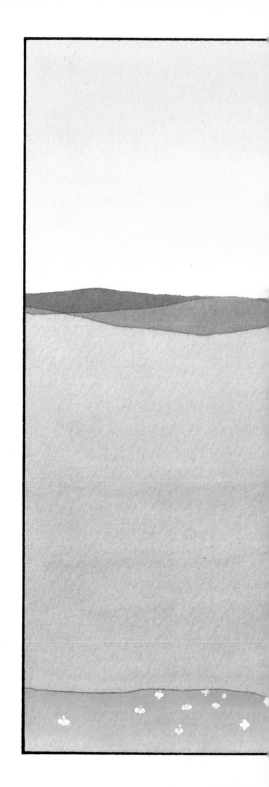

A la mañana siguiente su abuelita se sentía mejor. Pusieron los pescados en bolsas de piel que los perros cargaron. Y todos caminaron de regreso a casa, medio día hasta el campamento de otoño.

8 no LAP